[illegible]ない場所でも視界の片隅には、アイコン化した死が表示される

関する従事中の元霊媒師

[illegible]私は、あの肌を深く見つめて[illegible]あなたの眼は本を読むように、彼は本の[illegible]やかな音だった、というより本が不幸にもこの形をとってしまった」

[illegible]揺れ動くあいつの姿を眺めることができます

[illegible]な出血していない

自由慄

梨＝著

太田出版

自由慄

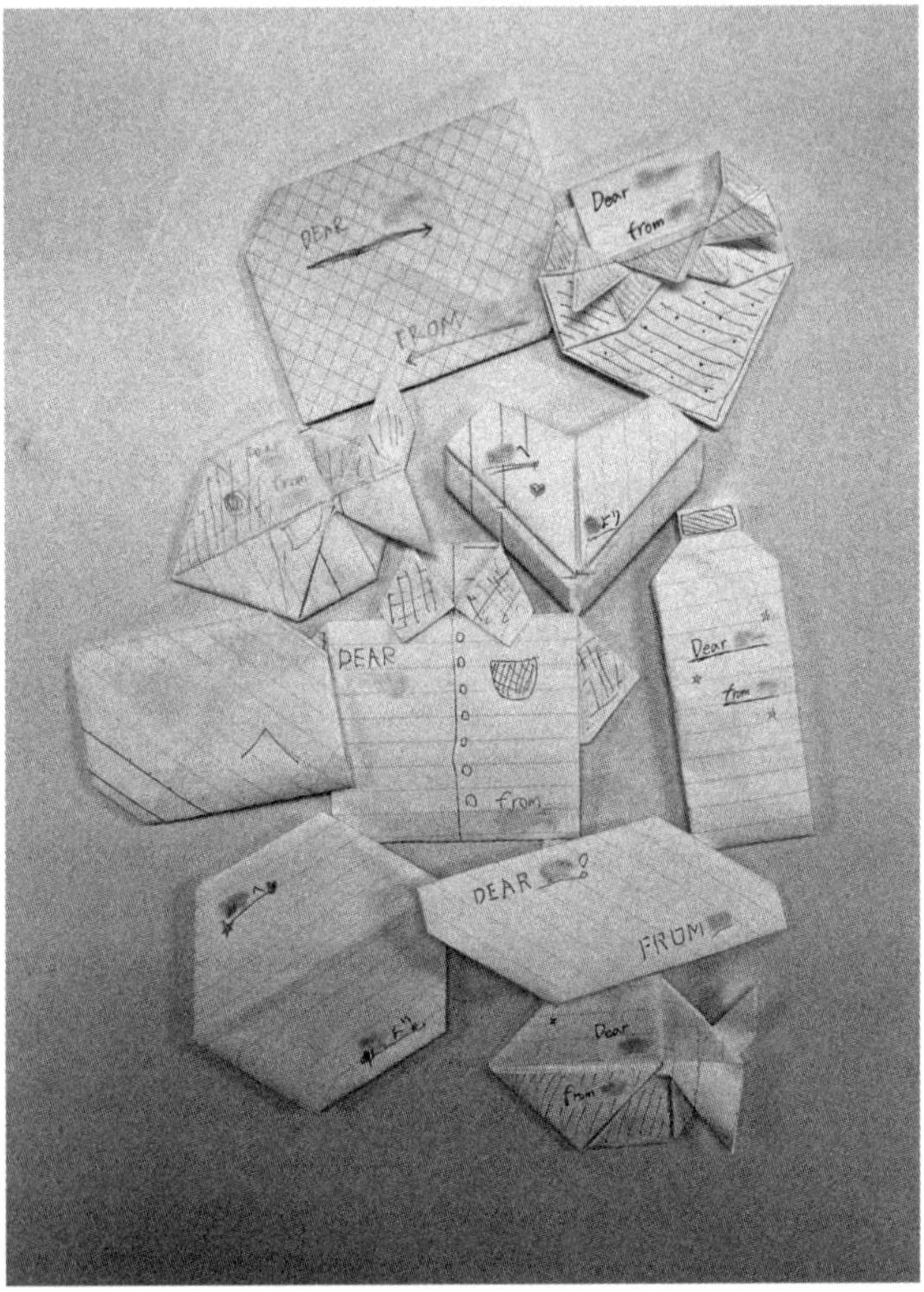
DEAR
FROM
Dear
from
DEAR
Dear
from
DEAR
from
FROM
Dear
from

凡例

本書は、著者が譲り受けた複数の書簡をもとに、関係者の同意を得て一般書物として加筆・編纂したものです。

令和六年一月

雨音の違和感

カーテンの外側からは、いまも雨音がかすかに聞こえ続けている。

私のもとに　　の幽霊が現れるようになってから、一か月ほどの時間が経った。彼女は恨み言を発することもなく、なにか呪力のようなもので私を責め苛むこともなく、ただうすい微笑を浮かべて私をただ見ているだけだった。その姿は窓越しに、半開きのドア越しに、スマホの黒い画面の反射越しに、時間帯を問わず現れたが、その姿にふれることはいつもできなかった。恐らく、出来る位置にいたとしても、私にそんな勇気はなかっただろうが。

最初こそ彼女のもとに駆け寄り、窓を叩き、闇雲な会話を試みていたのだけれど、それが何の意味も為さないことを悟ってからは、ただその姿が見える一瞬を怯えることしかできなくなっていた。

　　の幽霊は、何も言葉を発さないし、特殊な行動をとることもない。しかし、彼女の姿を視認した瞬間あるいは数秒後、彼女の姿が忽然と消えるとき。私の周囲のどこかには必ず、一枚の紙が置かれているのだ。まるで彼女が、間接的にそれを渡しているかのように。

その紙が置かれている場所は場合によってまちまちで、部屋の机に置かれていることもあれば、まさに彼女が立っていた窓の辺りにぽんと置かれていることもある。

ルーズリーフの罫線が入ったその紙は、やや薄い厚みがある長方形で、学校の定期券を入れるパスケースよりも少し大きいくらいのサイズである。四つ角のうち二つ、右上と左下の対角線上にある角は内側に折り込まれているため、厳密には長方形ではないのだが。

それは、手紙だった。授業中に私たちがよく回していた、ルーズリーフを特別な仕方で折ることで作られる手紙。紙に厚みはあるが封筒と便箋に分かれているわけではなく、手紙それ自体を袋状に折ることで便箋のような形になっている。当時そのフォーマットは多くのクラスメイトが会得しており、別に特別な何かが書かれているわけでもないのだが、特に私たち――私と　　は、中学に入ったばかりのころから、頻繁にそれを渡しあっていた。

私の周りに現れるその手紙の表面には、彼女の筆跡とバニラの匂いのボールペンで「Dear」と書かれており、裏面には「From」とともに　　の名前が記載されていた。だから、それは恐らく、　　が今も私に直接送っている手紙ということになるのだろう。その紙を開いて中を確認することは、今の精神状態の私には到底できないのだが。

私たちはその手紙を渡す行為を「じゆうりつ」と呼んでいた。由来は、当時私たちが使っていた国語便覧をぺらぺらと捲っているときに見つけた、幾つかの自由律俳句であった。「咳をしても一人」とか、「墓のうらに廻る」とか、そういった極めて短い散文詩を見た稚い私たちは、私たちが渡し合っているこの短文もそういったものの一部なんだと、戯れにそう言ったのだ。これはどうでもいい手紙ではなく、「じゆうりつ」なんだと。だからこれは授業中の暇潰しではなく、例えば俳諧連歌や返歌と同じ、格調高い行為なんだと、笑いながら。今にしてみれば、それらの文学的な技巧も背景も知らない子供が作った稚拙な行いだと、自分でも思う。しかし、送り主が死んでからも変わらずそれが続いている今、その行いを拙いものだと一笑に付すことはもはやできなくなっていた。ましてや、その内容は。

その内容は。

私は、かつて友人だったひとが私に投げかけた言葉を思い出していた。

もう怖がらなくていいんだよ、お前は。

幽霊なんて、いるはずがないんだから。

そうだよ、本来幽霊なんているわけがない。仮に、万が一、　　が幽霊になって現れたとして、私はそれを怖がるのではなく、歓迎すべき側の人間だ。それは分かっているのだけど。でも、今も私の身に起こっている怪奇現象を、　　による意思表示だと合理化して愛情とともに処理できるようなそれらしい狂気を、私は持ち合わせていなかった。現に、私は今もこうして生き永らえているのだから。物語なら、あの時一緒に死んでおかないといけない私が。

と、そこで私は、ある違和感に気付いた。

自分の部屋の外、今も雨音が聞こえ続けているカーテンの向こう側、ぱらぱらと窓を打つ水滴の音が聞こえ続けているその空間に。

一箇所だけ、極端に水滴の少ない場所がある。

まるで、そこに誰かが立っているかのように。

エピローグ

自由律

2020

8／31

いまきみはせんりつからときはなたれた
合唱曲振り切って走る霊柩車

CHAPTER

9

登校日の翌日に起こった幾つかのこと

2020

8/20－8/30

加害者は見ていない花火

天花粉《てんかふ》に沿って肌があり、肌に沿って服があり、
服と垂直に刃物がある

入れない大縄跳びをこわごわと
みているひとをみているようだ

てっきり蝉時雨だと思っていた

ブルーハワイの舌で笑うあなたを思い出すような死体でした
まだ揺れ続けるハンガー

大人であっても太陽に顔を描かざるを得なくなった

最期の国語として、句点で交代して読みあった遺書

古本に挟まれた手作りの読者アンケートの、
宛先として記された個人電話番号

「③三軒茶屋の路地裏で渡されたヘアピンを受付で見せる」

逃げ切れなかったことだけは分かる留守電

「もう教唆にはならない」と言い出してからは早かった

人体構造では再現不可能なのにも拘わらず、
中部地方で古くから伝わっている数え歌

茶碗蒸しから海老を探す行為が、
感触と温度とともに最も近いといわれている

クロスワードのすべての黒マスに残っていた筆跡
白線から落ちたら気付かれる

この地縛霊には三単現のｓが付く

「この秘密基地をふたりで事故物件にしよう」

自分ひとりだけ叫び声に気付けなかった
焼きすぎたマシュマロのただれかたで布団の上に

讐の字を書けないあなたと作った復讐の計画

音姫と啜《すす》り泣き

いちご茹でてしまった白身を再び液体にしようと
必死で息を吹きかけるみたいに

その日以来、生活の副音声が生まれた

手首から流れ出るバニラエッセンス

すべて同じ筆跡の寄せ書き

赤シート越しなら出血していない

CHAPTER ――― 9

登校日の翌日に起こった幾つかのこと

CHAPTER

8

文集にも載せないことにした

2020

8/13 – 8/19

問題です　マッチ棒を一本動かして、
ふたりをひとりにしてください

唯一の理解者だった妖精に宛てた無名詩人の油彩画

突然に家族が「あなたのせいじゃない」
としか言わなくなった

樹脂製のミニカーがみちみちと
やわらかい人間で満たされている

砂時計の中の一本の黒髪

「あのくるまったカーテンの下に伸びる二対のしろい脚は、
午前一時半でさえなければロマンチックに見えたでしょう」

銀杏並木の下、血染めのままのローファーで
高温多湿と直射日光を避けたところに安置してください

「Cookieは削除したのに」と言いながら見せられた
デスクトップの中心に表示され続けている、遺影

壁画を修復する手つきで　あなただったものにふれた

呂律の回っていない命乞い

CCのメールで往復され続けている殺害計画

紙パックの雑な開け方は変わっていないことを
供えてから知った

袋麺に落ちた羽虫は確かに祖父の声で悲鳴をあげた

「死んだときの服装で出るって聞いたから、
ディオールの、いちばん好きだったものを着せたんです」

体育館のパイプ椅子収納スペースから見つかった
たくさんの爪の痕

遺骨代わりの鉛筆についたライターの焦げ跡
ペンの試し書きコーナーに書かれていた自分の電話番号

いちご大福はその異物感から人間には聞こえない
周波数で泣き叫び続けている

永遠におぼつかないピルエットを踊り続ける
呪いをかけられた少女.gif

もう減ることのないスティックシュガー
もう増えることのないのりたまの袋

財布に一枚ある外国のコインみたいなものだよ、
と彼女は汚れた剃刀の刃を抽斗に戻した

聞けば聞くほど花子さんには全く似ていない気がする

その霊障はパイプユニッシュで溶けるから大丈夫
虫が湧くってことはみんなにも見えている死人なんだ

一度だけ、午後のチャイムの代わりに
知らない子供たちの歌声が流れた夏の日

プラネタリウムの全員が気付かないふりをした

ある種類の事件の法廷画家のみが受けることになる質問

誰ともなく、プロフィール帳の交換をしなくなった

動画広告にしては長いな、と思った瞬間
たまに保育園の連絡帳にも割り込んでくることがあるが、
無視している限りは問題ない

「一応の保険として、棺にも剃刀は入れておいて」

3番線の改札にだけかかっている大音量のアンビエント

どれだけ中古屋を回っても同じトラックが入っている
CDは見つからなかった

螺旋階段の中央でこちらを見上げる交通安全人形

「生活」の授業で誰かの埋葬をさせられたという鮮明な記憶

非通知で聞いた産声

謎の失踪が続いた廃村の隅から発見されたマンホールには
「避難経路」という貼り紙がされていた

僕の地元の葬儀業者が「天使の取り分」と言ったら、
それはほぼ絶対にワインの話ではない

盆栽としてのバラバラ死体

小4のときに学童の裏でだけこっそり会えた肌色の河童

幽霊も白骨化するんだ

「ゆうくんが体験したこと」というぼろぼろのルーズリーフ帳が数万円で落札されていた

林間学校の深夜に窓の外から差し込んだ昼同然の光
給油口を覗き返された

卒アルの楕円を塗り潰したことにも、
その中にいたであろう同級生にも覚えがない

玄関の向こうで聞こえ続けている、
知らない人たちのハッピーバースデイトゥーユー

「今月の聖域：B棟206号室」

ままごとの相手をしてくれてたし、
悪いものではないんだと思う

ひとの死の直前には、青い鳥文庫をよんでいたころの記憶が
いっせいに現れ、からだとこころを少しずつついばんでいく
そのきわめてささやかな鳥葬は、こちらの世界ではせいぜい
数秒の出来事、なのだが

朱肉みたいな傷口

喘鳴とともに、私は左腕の傷口を注視した。

先ほど自分自身が付けたという事実が信じられないくらい、他人事のようにてらてらと濡れそぼったその傷口を眺めながら、大きく息を吐く。水分を含んだその傷は、例えば進路調査票に両親が付けた印鑑の、押せばじゅくじゅくと赤い液体がへばりつく朱肉のようにも見えた。大きく息を吐く。吐き続ける。うまく息が吸えないから、息を吸おうとしても喉の奥がしゃっくりをしたときのように閊える感じがして、結果的にたくさんの空気が私の身体から出ていくだけになってしまう。空気までもが私を残して逃げるみたいに。

あのひとはどんな痛みを得ていただろうか。最期、心中も叶わずにひとりで雨降りの歩道に叩きつけられたあのひとの皮膚は、肉体は精神は、どのように損壊されていたのだろうか。あの高さだと、うまく頭から落ちることができなかった場合は特に、多少の時間は生き永らえていた可能性も高いだろう。その場合、数秒かあるいは数分か、彼女は歩道の片隅で自らの傷を眺めていたかもしれない。

それは例えばこんな感じだろうか。私は、先ほど桜みたいな模様の剃刀で二の腕の辺りに付けた傷、そのなかに爪を立てて、引っ掻くようにぎちぎちと傷を開いていく。意外と血は出ない。滲んではいるのだが外へは出ないという感じ。空気と違って血液はまだ私と一緒にいてくれるんだろうかと思うと少しだけ笑えるような、気がした、気がした。指の間からはぽこぽこと半透明に濁った組織が見え隠れしていて、恐らくこれが脂肪なのだろう。正直なところ息が止まるほど痛いのだが、痛みを感じるということに私は、どこか安心感を覚えてもいた。

まだ自分にはこの痛みを、粟立つような不快を感じる権利がある。例えば、死んだ後の彼女が私のもとに罰を与えに来てくれたとして、私は正常な感覚器官を以ってそれを享受することができるということだから。

彼女の衝動的かつ計画的な死は、順当に校内のコミュニティに影響を与えていて、特に近しい関係にいた——いや、彼女と近しい関係にあったと自分で思い込んでいた人たちの中には、彼女の姿を声を「幽霊」として幻視し、苦しんでいる人もいるようだった。

「死んだ人が姿を現す」形式の幽霊譚は、その多くが自責から生まれる。死に目に会えなかった親が枕元で話しかけてくるのは、体験者が無意識にそうした体験を望んでいるからだというのはよく聞く話だ。恨み言を語る、あるいは「こっちにおいで」と生者を引き込もうとする怪談があるのもこれと同じ構造で、「そうした思いを持っていてもおかしくない」「それくらいに、自分は生前に何もできなかった」という一種の罪悪感が、そうした幽霊の姿を作り出す。

私以外の一部生徒が感じ取っている「幽霊」の姿も、思春期ゆえの不安定さがそうした幽霊体験を無意識に望んだ結果として、作られたものなのだろう。自分を被害者だと思えば、そして実際に幽霊体験というかたちで自分が被害を受ければ、勝手に感じた罪悪感を勝手に贖罪することができるから。

そうだよな。私以外のみんなはそうやって、彼女を幽霊として、ありあわせのセラピーの材料として消費していくんだろう。彼女の幽霊が見えると騒ぎ立てて塞ぎ込んでいる、仲良し気取りのお前も。そうして罰を受けた気になって、そうして勝手に立ち直って、それで勝手に終わりにしようとしているんだろう。

不公平だと思いませんか。

それなら、私の方に化けて出てきてくれても、罰は当たらないんじゃないでしょうか。

ねえ、もう怖がらなくていいよ。

君の戦慄は、私がちゃんと解き放ってやるから。

CHAPTER

7

Bボタン

2020

8/6 – 8/12

そのボタンを押せば、
あなたはゆっくりと歩く方法を忘れることができる

その日、校庭のオジギソウが一斉に閉じた

彼女の死後も「入力中」が消えない
「木を隠すなら森の中」の理論に基づいた千本鳥居

「明日生き残ってしまうのはこちらの方々です」

という臨時速報とともに、十数個の人名が表示された

「今もわたしたちの心の中で死に続けています」

花丸をつけられた遺言書
ラメがなすりついた包丁

午前一時、教習所の踏切を電車が走っていた

舌葬

「目薬　会いたい人と会えます　4800円」

もう今となっては、ただの棺になってしまった

ぼくにはもったいない鈍痛でした

「出没注意」の主語が削り潰されている

「一瞬だけお客さんが全員こっちのカメラを向くときがたまにあるんやけど、それは報告せんでええから」

霊園までの案内を頼んだ深夜の乗客は、そこに到着するとにこやかに乗車賃を渡し、はきはきとしたお礼の言葉とともに真っ暗な山中を歩いていった

快晴であるにも拘らず天井から落ちてくる桃色の雨漏りを、
生前の曾祖母は「この家に必要な点滴」と呼んでいた

そこで漸く、これが手話じゃないと気付いた

一ページ目が破られた自由帳の二ページ目に残った筆圧
で、彼女が押し殺していた呪詛をはじめて知った

顔に見える天井　葉っぱに見える虫
幽霊にとって人体はカモフラージュでしかない

まっしろな外来で最後まで質問に答えられなかった、
ときの無念がこの心霊写真には現れているのです

あそこに昔あった砂場の穴に線香花火を落とすと
なにかの鳴き声を聞けて、　たのしかった

初恋の思い出と引き換えにカセットテープをくれるおじさん

「ほんとさ、黙ってれば人間なんだよ、あのひと」

プールサイドの水溜まりの温度で、
浴室の裸足に血液がまとわりついた

マッチングアプリのアイコンが
古ぼけた扉の写真に変わったのと同時期に失踪した友人

金木犀ではなく金木犀の香水の匂いだと気付いた瞬間、
耳元で懐かしい笑い声を聞いた

お年玉だった千円札の折り目
折り鶴だった進路調査票の皺　手紙だった呪符の焦げ跡

理科室の余白だらけの卒アルの隅に書かれた「七月決行」
答辞でも省かれた先輩の死因

夜の閉架図書館で無い本を探して啜り泣くさまを
お岩さんに喩えた、他愛もない七不思議

「どうか幸せに見える家庭でありますように」

とにかくシャッターを連打する
削除もできないあの写真を希釈するため

爪切りに便箋の端をかじらせて、自傷させたつもりになる

波線を引くために片側がぎざぎざになった定規を、
硬く冷たい旧校舎の柱につきたてて、
ただひたすらに泣きながら往復させている地縛霊

バス停の横に置かれたぼろぼろの学生鞄を
一瞬だけそっと撫でて去っていく　よれたスーツ姿の女性

朝焼けに黒い液体をまきちらして、夜を散骨するように

毎日見ているが一生降りることはない線路で、
毎日見ているが一生話すことはない人が死んでいた

いっぱいわたしの名前を呼んでくれた、死体になってはじめて

泣きながら真っ白い何かを出し続ける手品師

「飛び降りる前に助走をした痕跡があるんです」

そういえば昨夜、道路の真ん中に「ｾﾘﾄﾘｾﾝ」と書かれていた

とにかく玄関まで走れ　爪なんてあとでいいから

そのボタンを押せば、あなたはすべての進化を拒否できる

CHAPTER

6

プラセボになれますように

2020

8/1 – 8/5

湧き出る透明な水として　かつてのかわいらしい鳴きまねとして　木製のドアを叩く細い指の音として　どこか諭すように繰り返される説明として　あまりにも深すぎてしまったあなたの眠りとして　こんこん、というささやかな音がした

25時59分　屋上で「答辞」と叫ぶ声が聞こえた
軽いお辞儀までならしてもいいらしい

夢に出てきた故人にふれると、ブラウン管に
指でふれるときと全く同じ、やわらかな拒絶の触感がする

「次で最後にしよう、が口癖だったのにね、おたがいに」

開いてしまった花ごめんね　これは春じゃないの
いつまでもつきっぱなしのぬるい暖房の真ん中で

「ビラお断り」が貼られた側溝

恨み言が言えなかった彼女が一度だけ起こした、
「ティースプーンが一周回る」というポルターガイスト

樹液を吸えない蝉が、
樹に吊り下げられたくびすじにうっとりとしがみついていた

真夏探検隊が草むらに一度だけ見つけた、
とても寒い下りエスカレーター

「雨の日の朝なのに、うちだけ教室の電気が点いていないな、
とは思っていたんです」

藁人形のローカルルール

鑑賞中の眩暈に耐えさえすればうつくしい風景写真

「感染呪術ではなく、
感情の浸透圧といったほうが正確であった」

二年前にお焚き上げをしようとした人形が、
燻り続けたまま消火も出来ないでいる

「外に出るたびに青白くなっていく彼女の肌は、日焼けして青白くなっていく本みたいで、そんなところまで似てしまうんだなと、彼女が服を脱ぐたびにわたしは、その肌をじっと見つめていました、それこそ本を読むように」「彼女は本のようなひとだった、というよりも本が不幸にもひとの形をとってしまった」

こっそりと拾った傘の内側に書かれた幾つもの謝辞
回転扉を誰も使わない　使えない

夏のベンチに毎日ホットコーヒーを置き続ける駅舎の老人

ランドセルの奥底から見つかった
くしゃくしゃのネガフィルム

記憶の中の義父がようやく死んだ風の日

証拠隠滅中の隣人の音

CHAPTER —— 6

フローリングで血液が凪いでいる
「この線までお剥がしください」と書かれた皮膚

タオルクラゲに詰まった中身

ジャングルジムの中心に立っていた、幼いままの義姉

「この落書きを、明後日の伏線にしよう」

ピッチパイプのAが聞こえた　冷たいトンネルの横道

ドアストッパーがひとりでにゆっくりとあがっていく
もういいよ、といわれたみたいで

造花で彩られた川の向こうで、
笑顔のおじいちゃんが手を振っている

目が覚めた鼻先の天井

寝袋とベルトコンベアと裁断機

空が肌色のときだけ現れる鉄塔
鍬についた緑色の血液

葬列の先のダム

Windowsの草原から近づいてくる影を見たんだと、
弟は金属片となったパソコンを見下ろした

「『首無し寺』はもうふたつ向こうの通りだよ。
お前ここで何を見たんだ？」

早朝の水田を
鏡として覗き込んだ子供の背後にのみ現れるという女性

新聞の投書欄にわたしを探す声があった

わたパチが与える痛み　卒業の午後の部室で寝転ぶふたり

曲がりすぎているお辞儀
すべての夜空という夜空に一瞬だけ響いた口笛

「お葬式でまた会えるから」と
自殺したサイコパス志願者の遺影の笑顔

ルビンの壺のモデルとなった心中事件

一匙のくすりの粉をわけあった日が
プラセボになれますように

CHAPTER

5

広告スキップ

2020

7/25 − 7/31

かなしみの広告としてスキップを続ける18時の河川敷

一面の夕焼けに映し出されたカウントダウン

25時の駅前、花束をかかえて立ち尽くしているひとを見た

壁に「いつも清潔にご利用いただきありがとうございます」
と書かれている祠

「よけて」と書かれた行き止まり

「すれ違ったあとにでも
わたしの姿をした人が遊びに行けたなら
それが一番だったろうと思うのですれ違い通信が好きです」

「生きてるだけでえらい」と言いながら
マチェーテを振り下ろし続ける男性

一人暮らしのカレンダーに、
誰でもない筆跡で「レク」と書かれていた　来週の土曜

シャトルランの２４５回目だけ
音声が差し替えられているらしい

木曜夜勤のコンビニでコピー機に忘れ物があった場合、
いったん表の面は見ずにバックヤードまで
持ってきてください

飛蚊症ではなく、そしてほかの病気でも外傷でもないらしい

約束通り、おもちゃのジュエリーを
笑えるほど積み上げてあげましょう
遊び半分以上だったあなたの弔いに

終電に残ったビニール傘とレインコートと第一発見者

アロエ入ってたんだ、
みたいなテンションで言うことではないと思う

ヘアメの店を変えた　携帯を海に投げた
ナンバープレートを捨てた

芸術選択も文理選択も違っていたわたしたちが
唯一共有していた悪夢

たんぽぽ畑をひっくり返したような流星

あの人にはラストオーダー言いに行かないんすか、店長

ボイスメッセージは聞かずに削除した
まだ聞いてないあなたの言葉が残っていることを
救いにするために

三叉路でふりかえると全く同じ三叉路
石段をチョコレイトで降りていく
口紅の人がずっと待ってる

〈そうしてだれもが、乗務員も女優もテロリストも、すべての仕事をおえて、めいめいにひとりになったり集まったりしました〉〈外はとてもいい天気で、かれらはさまざまなことをして、同時にさまざまなことをやめました〉〈やがてみんなが空を、泣きたくなるくらいきれいになってしまった空を見上げました〉

脱ぐための服　無視するための時計
こんなの吸ってるのって噎《む》せるための煙草

「脳みそ」という言葉を最初に考えた人が遭遇していた事件

証明写真機から出られない
あかねさす黄色い線の外側で（ある方の目で）君は笑った

走馬灯の右下に表示された「広告をスキップ」

CHAPTER

4

あなたの世界から失われるもの

2020

7/18 – 7/24

遺品整理の最中の、あいつならこう答えただろう、
の秘密の質問に、失敗し続けている

非常口の明かりに引き寄せられた
四つ足の人間がへばりついている

幽霊にもアルビノはあるらしい

プールをみたす底抜けの夜空の前で
手をつないでいたふたつの霊

あの酒浸りの少女はむかし死神をやっていた

ぱっと目についた三つの熟語が、
これからあなたの世界から失われるものです

「飽きた」と枕元に書き入れた翌日、
その紙は変わらずそこにあったが、筆跡が全く違っていた

「入れてください」とカラオケボックスの外で

シーリブリーズの蓋を交換するように互いの二肢を

こっぴどく殺される

夜の海岸に停まっている目張りされた車の中で、
手持ち花火を持って笑っている友人たちの写真

振袖を選べなかったこと今でも思い出すな
ペディキュアをふきとって夜がくる

乗り換えの駅で終電を待っていた中学生のわたしに
声をかけた物理的（物理的？）にまっしろな幽霊の女の人、
あなたはどれだけさびしかったのですか

潮風のような香水で躍り出る
この世界の予定といくつかの電車を数分だけ遅らせるために

キッチンのシンクはもう磨けません

検索妨害としか思われていないbotが
人知れず守っていた13年前のひとつの書き込み

「歯の詰め物が取れたかもしれない、
のあの数秒を引き延ばした一年を、
これからあなたには体験していただきます」

いつまでも釘を打つ音がする
もう木も、呪いたかった人すらもそこにないのに

「これから二度と表示しない」を押してしまってから、
恋人の姿が見えません、あれくさごうすればいいですか

彼女は軌道をなぞる衛星のように墜落して、
まさしく追いかけるような死だったのだろうと思った

稲穂をひとつかみしたらそれが茶碗一杯分とほぼ同じらしい
自分のものではない黒髪を掴みながら

見えていますか　洗濯機も冷蔵庫もないのにルームフレグランスを揃えていたあなたの家の理由を探して、探偵があぁでもないこうでもないと首を捻っています　あなたのそういうとこ最後まで変わりませんでしたね

イートインスペースを秘密基地として、A4のルーズリーフをひらく

スクールバスの最終停車地点にほど近い場所にあるショッピングモール。その一階で私は、飲みかけのメロンソーダを隅に置き、がりがりとシャーペンを走らせていた。一階にファストフードのイートインスペースが、二階と三階に婦人服や紳士服売り場が、四階には有名アニメや邦画しか上映しない家族向け映画館がある、典型的な地方の複合施設。その一階は平日になると多くの学生が屯して課題を終わらせるのが定番なのだが、休日は主に家族連れや近所の老人らが多く訪れる。あくまでも学生たちにとって、ここは学校帰りのちょっとした時間を潰すための場所であって、週末などに本腰を入れて遊ぶための場所ではないのだろう。

そんなイートインスペースの隅で、私はかれこれ二時間ほど過ごしていた。この時間帯はそれほど席が一杯になるわけでもないから、追い出されないのは事前に予習済みである。

ビニールの包装紙に入ったたくさんのルーズリーフを一枚ずつ広げて、ただ只管にシャーペンを走らせる。長くても一枚につき二行くらいであろうその文章の書かれた紙は、書きあがる

たびに特殊な形に成形されていった。真ん中に折り目を付けた後、その中心線に沿ってふたつの角を互い違いに折っていく。授業中にクラスで回される手紙の、典型的な折り方である。

それを回していた人は、中学時代から私のクラスにもたくさんいた。私はただ別の人から別の人に回すだけの役割だったが、それを書いている多くの人は、今日あったことを綴る日記のように他愛のない手紙としてそれを使っていたように思う。

ただ回すだけだったその手紙を私は、休日のイートインスペースで、大量に生産していた。今になって。


は、一部の生徒とよくその手紙を回していた。多くの場合で、あの手紙文化は中学三年にもなればいつの間にか廃れていたような気がするのだけれど、彼女たちは内輪ネタのような距離感で、今になってもそれを続けていた。さながら、今でもレトロゲームを遊ぶことを自虐気味に話す中年の親戚のような感覚だったろうか。じゆうりつ、という言葉の（この場合における）精確な意味を私は終ぞ理解することができなかったのだが、要は互いが互いに渡し合う短文の日記帳ということだろう。

それを送ればいいのだろうか、と思ったのだ。

いまからでもそれを送れば、今からでも　　は私を目に留めるのではないかと。

だってそうだろう。短歌に返歌があるように、メールに:Reが付くように、発信があれば応答がある。まして、あいつによれば　　に纏わる霊体験はあの手紙とともに訪れるというのだ。ならば猶更、これを送付するのは今後にとっても大事な過程であろう。

私は、繰り返し繰り返し、その手紙（或いは、じゅうりつ、だろうか）を成形する。最初はセオリー通り、今日あったことをただ綴る日記のような手紙として書いていたそれは、いつしか彼女を買収するための散文に変わっていった。

嘘でもいいから、ただ自由に、自らの恐怖体験を書き綴るための手紙。ただ自由に書き綴られる戦慄。私はこんな非現実的な体験をした。だから翻って、私には　　の幽霊を見るだけの理由と権利がある。これらは自ら由とする戦慄である。そう間接的に主張するために、　　に宛てて出す手紙。

これは呪詛だろうか。

たとえば、木に固定した藁人形に向けて釘を打つような。

でも、これが呪詛だとしたら、誰の誰に対する呪詛なのだろうか。

CHAPTER

3

ブルー

2020

7/12 – 7/18

横断歩道の青が六歩前で点滅を始めて、
走り出そうとした瞬間に耳元で何かを期待するような
含み笑いが聞こえた、今にして思えば

夢の捌《は》け口でいてくれた人

氷山のようになってしまったあなたのとなりでわたしは、
すべてを諦めて座礁するように眠った
アイスプラネットを音読している中学生の自分が夢に出た

いだよ」「東京もあなたのこと嫌い

と嫌いだよ」

「東京もあなたのこ

たのこと嫌いだよ」「東京もあなた

あなたのこと嫌いだよ」「東京もあ

結露みたいな汗をかき始めてからは早かった
恋人の羽化をただ眺めていた

たとえば大切なひとの、
14歳ごろのプレイリストを見てみたいと思うとき

イチゴ水が想像上の飲み物だった頃、
わたしはエレベーターに乗ることができなかった

あなたから教えるという約束

深夜に通話したら話し中だった先輩の名前を、
翌日の全校集会で校長先生の口から聞いた

曰く、「お祓いが効きすぎた」らしい

真上から蛍光灯で照らされた
洋食喫茶のメニュー写真の隅で、必ず見切れている髪

無人の空間から夜な夜なたごたごしい
ソナチネを弾く音が聞こえるという怪奇現象によって、
その駅のストリートピアノは撤去された

「消費期限：瞼の裏に表示」

静物画みたいな葬儀だった

さよならぼくたちのようちえん　遠いトンネルの斉唱

幻霊痛を訴えて啜り泣く廃校

「わかった、じゃあさ、ティファニーブルーのスカート着て
化けて出てよ　そしたら信じれると思う」

七夕ゼリーの色と触感と温度の皮膚

葬儀の思い出である。

当時の私は驚くべきことに、普通に悲しい顔をして葬儀に参列していたので、種々の儀式めいたこともそつなくこなそうとしていた。粉みたいなお香をぱらぱらと指から落としたり、読経の落ちサビみたいなところの度に手を合わせたり。それが非合理的で、無意味であればあるほど嬉しかった。

普段の生活ではまずやることのない動作を仰々しく行うことで心理的な区切りをつけるのが葬儀の役割のひとつだ。いわば、意味がないことに意味がある。少しでも我に返ることがないように、私は努力して自分を抑えながら、それらの無意味な儀式をこなしていた。

しかし、問題はその儀式が終盤に差し掛かったときに起こった。棺の中に幾つもの花を手向ける、いわゆる別れ花。棺の中、彼女の上半身のまわりには既にとりどりの花が敷き詰められており（足から腰にかけてが最初に接地していたため、顔面が原形を留めないといったことにはならなかったことを、私はよく知っている）、私も前に倣ってそれをこなさなければならなかった。

私は、何とか棺の中から目を逸らしながら、その中に両手をさし入れた。もうその顔を目を頬を右手をまともな精神状態で正視することは絶対にできないと頭で分かっていたから。

彼女の招待コードを恐怖に耐えきれず拒否してしまった私にとって、その末路としてのの死体とは紛れもなく恐怖を喚起する対象であり、自らの行いを告発する貼り紙などと大して変わらなかった。

だから私は、震える手でそれを棺の中に入れた。傍から見たら、悲しみに打ちひしがれた同級生が息も絶え絶えに最後の別れを惜しんでいる情景にしか見えなかったことだろう。それがまぎれもない恐怖心の発露であると、そんな風に思うわけがない。

足元のローファーを注視しながら、意識だけを両腕に向ける。絶対に中を見てはいけないと思いながら、うまく息を吸えない唇を震わせて、花を中に、置いたその、刹那わたしの左手の指が　　の肌に触れて。所々が固く、そしてあまりにも冷たい、ただの蛋白質と化した彼女の身体をその指で感覚で感じ取って。

私は恐らくそこで、　　を幽霊として幻視し怯え続ける人生を、確定させてしまったのだろう。

CHAPTER

2

手持ち花火

flashback

そしてふたりは飛び降りた
手持ち花火で手持ち花火を点けるみたいに

詰めの甘い大掃除が見つけなかった箱

「これでも起きれたら、今度こそ屋上行こっか」

ペンパルにだけ打ち明けた第七感

知らない街のバス　くぐもった祭囃子が追いかけてきてる

この部屋に聞かせてはいけない話がある

いついかなる時でも同接3のライブカメラ

アルコールランプで点いた火みたいに透明な劇薬
理科準備室のふたり

母校のGoogleレビューに一言
「つまらなかった」と書いてあって、恐らくこれは同級生が
直前に書き込んでいたのだろうと思った

七年越しに旧校舎に集まった元演劇部の霊

名札の安全ピンが初めての自傷だった少女が

頭の中で空に泳がせていた魚

実際に死人から「恨めしい」と言われたことがある、手話で

自らのタネを鳥に運んでもらう植物と背後霊は同じ行動原理

筆箱で飼っていた鳥の少女が休み明けに繭を作っていて、
あ鳥じゃなかったんだそれなら気持ち悪いなと思って
筆箱ごと棄てた記憶がある

中空で静止したいくつもの風船

「けのび」という俗称がついている死体

乳歯を無理矢理に抜いた時以来の味

自宅の窓に外側から張り付いている男児が
こちらを見ていたので、蝶かと思ったって言ったら、
その子が満足したみたいに笑って、消えた

意を決して屋上から飛び降りたら、地面に着く途中で
何者かに首を吊り上げられるような感覚があり、
気が付いたら元いた屋上に倒れていた
周囲にはコインが何枚か散らばっている

石になってしまってもう戻らなくなった少女に、
王女様がそっと二重を描くための彫刻刀

初めて手のひらの上で（ここで市販薬を目分量で流し込む）
豆腐を切ったときの感じ

浴室乾燥機にゆられている湿った
（そして所々がまだ桃色の）詩集

壁の模様すらわたしの思考を盗聴してくれなくなった

屋上には脱いだ靴も遺書もなかったが、
手持ち花火の燃え滓が残されていた

CHAPTER

1

生まれたい

2020

7/2 – 7/11

「生まれたい」カットを繰り返す少女

「生まれたい」とリストカットを繰り返す少女

「生まれたい」とリストカットを繰り返す少女

「生まれたい」とリストカットを繰り返す少女

近所のドラッグストアのＬＩＮＥから
「すべてを治せるようになります」と届いた深夜二時

「おすすめ」のタブで、全く知らない二つのユーザーが
お互いに上げ続けている、同じ殺人現場の写真

「電波攻撃をしてください」という貼り紙

甲乙点のついた漢文を見ないまま死んでいく

口笛に囲まれてる
いちめんの非常口

好きだったアーティストの公式ブログ↓カニの通販サイト↓
ドメイン販売サイト↓ひとつの動画だけがアップロードされ
ている単一ページ↓ドメイン販売サイト

「あの先輩に告白しなくてよかった、ずっと後悔できるから」
といった意味の話を、泥酔した勢いでされたことがある
わたしはそのひととその故人の共通の知人だった

「もう会えないかと思ったの、本当によかった」ではなく
「また会えてしまうかと思ったの、本当によかった」
と感じるとき

もういいよ、という言葉が、
これから起こるとてもわくわくする出来事の
合図だった期間について

いつもそれをすることだけを考えて他が手につかないという
より、常にそれがデスクトップに表示されている感覚に近い
楽しいゲームもできて、うつくしい音楽も聴けて、だとして
も視界の片隅には、アイコン化した死が表示される

「わたしが死んだらさ、わたしのホームページは本にしてよ
で、【※感動注意】とか【高校生のエモすぎる最期】とかっ
て帯に書いて　それ見て、ざまあみろ自分って笑いたいから」

自殺するために生まれたい

心中の招待コードが届いた

例えばLINEで、トーク履歴の脈絡もなく突然に、ある人から何かの招待コードが届くことがたまにある。それは得てして、送り主がやっている何らかのソシャゲとか、アプリとか、そういったもののインセンティブを得るための行いだろうと思う。大体の場合、招待コードを介した送信者と受信者は、お互いに何らかの利益を享受することのできる仕組みになっている。ゲーム内アイテムがもらえるとか、何かの値段が安くなるとか。そうした温度感の利益だ。

更に言うならば、送信者からすれば招待コードを送ることのできる関係にある人物は限られてくる。基本的に招待コードは送信者側が何らかのきっかけを得て配り回るものであって、受信者側がそれを望んだことがきっかけになるというパターンは稀だ。

つまり、招待コードを介した収受の関係は、一見双方向的には見えるものの、実情は一方通行的である。送信者は良くも悪くも、「この人だったら突然に招待コードを送って良い」という認識を持ったうえで、殆ど一方的に「招待」を送ろうとする。職場の上司に送ることはまずないし、あまり話さない部活の後輩に送ることもないだろう。繰り返しになるが、良くも悪くも「この人になら」というその人にとってのバイアスが働いていることは確かであろう。物理的な招待状とはまた異なる人間関係の前提がそこにはある。

それを前提として。

私のもとには、　　からいわば心中の招待コードが届いていて。

私はただひたすら、それを既読無視し続けているのである。

だから——
私は、　　から届いた手紙を茫洋と見詰めながら考える。
きっと彼女にとって、その自由律俳句は、
今もなお生き永らえている私に対する、婉曲的な追悼句なのだろう。

プロローグ

自由
慄

2020

7／1

「慄」に「悼《いた》む」の意味があることなんて、漢字ドリルでも読み飛ばしていた

プロローグ

自由慄

屋上に立つ
避難訓練のあとみたいに
じゃりじゃりした上履きで

初めて手首を切ろうとしたときの、刃をすべらせる勇気もないまま唸りながら泣きながらただ包丁の刃を力いっぱい押し付けていたときの、冷房にひやされた部屋のすみっこの、他人事みたいに綺麗な陽だまり

わたしの責任で
死なれたい
あわよくばその責を
負って死にたい

カショオする専用の
うどんの茹で方があるように、
幽霊になる専用の
死に方があるんだと思う

プロローグ

自由慄

どうせなら
牡丹雪に生まれて
（腐乱死体）
牡丹雪として
溶け死にたかった

記憶の中のわたしはもっと不幸だったのに

プロローグ

自由慄

リストカットではなく
隠し包丁だったとしたら
だったとしても食べてくれる
ひとはいないか

もしもわたしが
こびとになれたら、
ゆで卵のスライサーを
使って自殺したい

プロローグ

自由慄

鼻は痛くないけど溺れてる
喉からこぼれていく
血液を眺めていた

この道路では
唾を吐かないでください
万引きならここ以外の
店でしてください
うちの物件で
自殺しないでください

「去《い》ぬの活用形なら
ぜんぶ知ってるし、
なんなら経験してきました」

ちかちかと点滅する
無敵の時間を得るために
いちご死のうとする必要がある

「傷を隠すためのタトゥーを彫れば、ひるがえって傷を受けていたことになりませんか、先生」

訃報しか知らない教師たちの主催する学年集会でマイクを奪う約束

プロローグ

自由慄

一般化はできないけど、
わたしにとって幽霊とは生きることだった

DearとFromでくくられ、ふたつの角が折られた遺言書

プロローグ

自由慄

屋上の送辞　もう自傷は必要ない

街並みの遠くの朝焼け

（ふっと、今日なら死ねるとなぜか悟るように思えた瞬間があって、そのときに、人の気配だけであんなに震えていた自分が久しぶりに、ほんとうに久しぶりに、宅配の人と雑談じみたことを出来るようになっていたこと、それをとてもあたたかく嬉しく思えて、だけど明後日以降を生きようと思った瞬間にこのちゃぷちゃぷした嬉しさは消えるんだろうという確信もあって、誰にかは分からないし覚えてないけど、今なら心からお礼が言えると思った）

プロローグ

自由慄

そこには溶けたマスカラみたいな
血が流れていて、
崩れた化粧みたいな
恋人の泣き声も聞こえた

土砂降りの歩道、
読書好きだった飛び降り生体は、
もう見えない目と右手で
わたしの頬を読んだ

プロローグ

自由慄

音数律も韻律もない、ただ慄然とした追悼句を

自由慄

二〇二四年二月三日　第一版第一刷発行

著者　梨

発行人　森山裕之

発行所　株式会社太田出版
一六〇-八五七一
東京都新宿区愛住町二二
第三山田ビル四階
電話：〇三-三三五九-六二六二
Fax：〇三-三三五九-〇〇四〇
HP：https://www.ohtabooks.com

印刷・製本　株式会社シナノパブリッシングプレス

ISBN　978-4-7783-1905-2　C0095

装丁　北岡誠吾
編集　原沢麻由

※本書に収録されている内容はすべてフィクションです。